KB265360

타지

황

금

모

도서출판 도훈

딴짓은 목적이 없어 좋았다.

늘 재미있고 자유롭고 여유로웠다.

이것마저 없었다면,

반복되는 일상의 지루함을 어떻게 견뎠을까.

하나 하나 모이니 어엿한 의미가 되고

소통의 도구가 된다.

그저, 잠시 쉬었다 가는 공간이 되었으면.

2020년 초겨울에
황금모

봄의 프롤로그 1부

눈에 고인 물은 끝없이 깊어지고
물이 고인 눈은 한없이 넓어졌다

봄은 그렇게 왔다

봄의
프롤로그

낯선 기류를
맨 처음 감지한 건
눈이었다

까닭도 모른 채
눈물이 났다

그 맑은 수심에
세상은 굴절되고

땅속에서 하늘에서
분주히 움직이는
수상쩍은 소리들

무채색은 몸은 섞어
유채색이 되었다

눈에 고인 물은 끝없이 깊어지고
물이 고인 눈은 한없이 넓어졌다

봄은 그렇게 왔다

글 : 황금모

불경(佛經)을 불경(不敬)으로 읽다

황금불탑의 나라 미얀마에서
부처를 보았다

검게 그을은 노인의 주름 속에서
야생초 같은 아낙들의 미소에서
별빛 총총한 아이들의 까만 눈동자에서

땡볕도 아랑곳없이
낭랑한 불경(佛經) 소리가 흘러나왔다

아침에도 점심에도 저녁에도
연꽃향으로 몸을 씻고
오로지 금박을 공양하는 사람들

나날이 살이 오르는 금불상을 바라보며
극락의 가치를 세속의 가치로 가늠하다가

나는 그만
불경(佛經)을 불경(不敬)으로 읽고 말았다

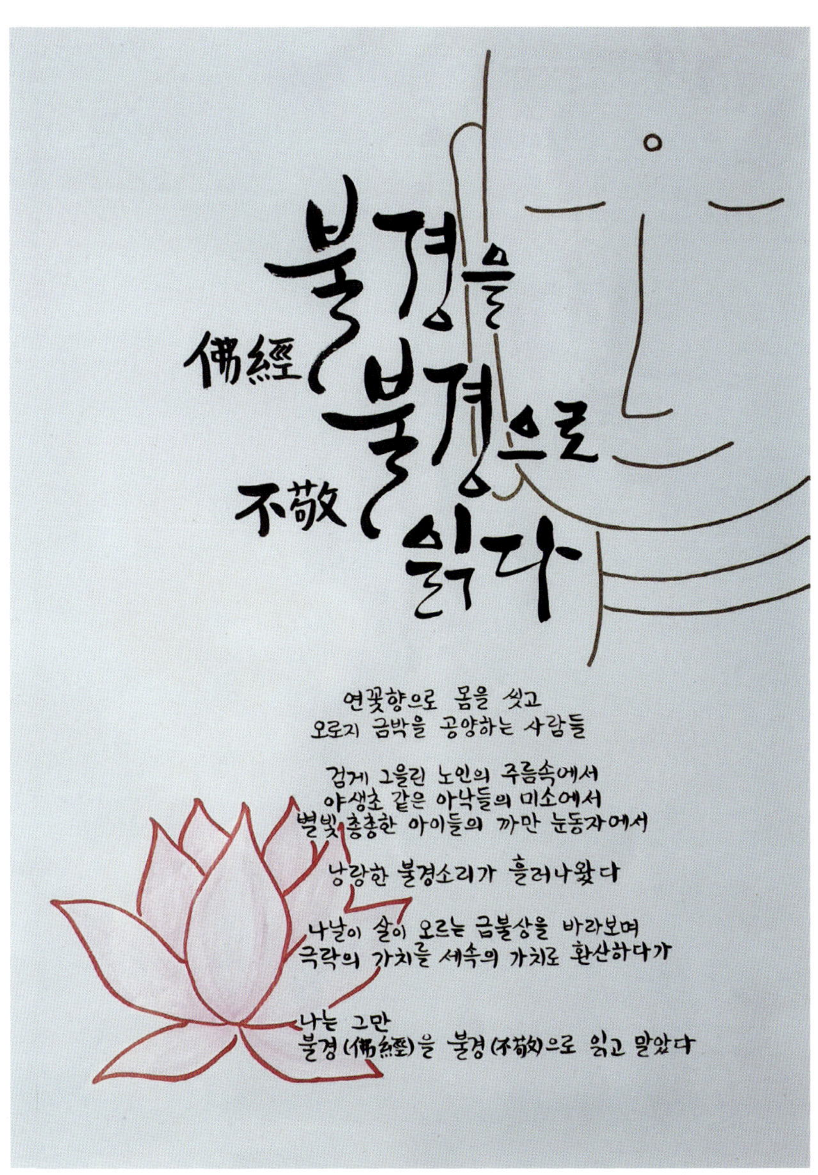

연꽃향으로 몸을 씻고
오로지 금박을 공양하는 사람들

검게 그을린 노인의 주름속에서
야생초 같은 아낙들의 미소에서
별빛 총총한 아이들의 까만 눈동자에서

낭랑한 불경소리가 흘러나왔다

나날이 살이 오르는 금불상을 바라보며
극락의 가치를 세속의 가치로 환산하다가

나는 그만
불경(佛經)을 불경(不敬)으로 읽고 말았다

오랜 풍상에 시달린

눅눅한 벽이 선뜻 자리를 내준다

벽

돌연 비를 피해
들어선 자리
오랜 풍상에 시달린
눅눅한 벽이
자리를 내준다
여린
망초꽃 한 그루
나와 함께 그 벽에
등을 기대고
비를 피하고 있다

문창호지 속 화석으로 남은

빛바랜 몸

적나라하게 당당하다

결코 세월을 거스르지 않았다

내 몸에 경의를 표하다

내 몸에 경의를 표한다

제 잘 나 어른이 되었다고
생각하는 자식들
열 달 동안 피와 살 나누어 주며
경건하게 뱃속에 품었던
우렁이 속살만 발라 먹이며
숭고한 어미의 본능에 충실했던

시간과 바람에 퇴색한
문창호지 속 화석으로 남은 봉숭아 꽃잎 같은
빛바랜 알몸을 거울에 비추어 보니

적나라하게 당당하다

결코 세월을 거스르지 않았다

비문증

오뉴월도 멀었는데
때 이른 날파리들 날아다닌다

손을 휘휘 저어 쫓아보지만
아랑곳없이
눈앞에 알짱알짱
속수무책이다

이해할 수 없는 건
눈이 어지러운데
왜 이잉이잉
이명증까지 생기는지
왜 울렁울렁
속까지 뒤집어지는지

어지러운 건
나뿐만이 아닌 듯

TV 화면도
신문 활자도
날파리가 되어 떠다닌다

귀 닫고 눈 감아도
울컥울컥
신트림이 역류한다

비문증

때 이른 날파리들
날아다닌다

이해할 수 없는 건
눈이 어지러운데
왜 이잉이잉
이명증까지 생기는지
왜 울렁울렁
속까지 뒤집어 지는지

어지러운 건
나쁜만이 아닌 듯

손을 휘휘 저어 쫓아 보지만
속수무책이다

근원의 빛이 흰색이라면

순백에서 태어나서

순백으로 돌아가겠지

근원의 빛이 흰색이라면

순백에서 태어나서

순백으로 돌아가겠지

백색사랑

황금모

근원의 빛이 흰색이라면

모든 것이 흰색에서 태어나겠지

우리의 사랑도

우리의 눈물도

저 지순한 순백에서 시작되겠지

철이 없을 땐

사랑도 허둥허둥

눈물도 허둥허둥

온통 어지러운 불빛으로 방황했었지

근원의 빛이 어둠이라면

우리의 사랑도 눈물도

어둠으로 돌아가겠지

앙상한 기억만

하얗게 꽃피우겠지

순백으로 돌아가겠지

모든 계시는 그의 손끝에서 이루어졌다

신의 유희를 거부하던 날
툭, 실이 끊어졌다

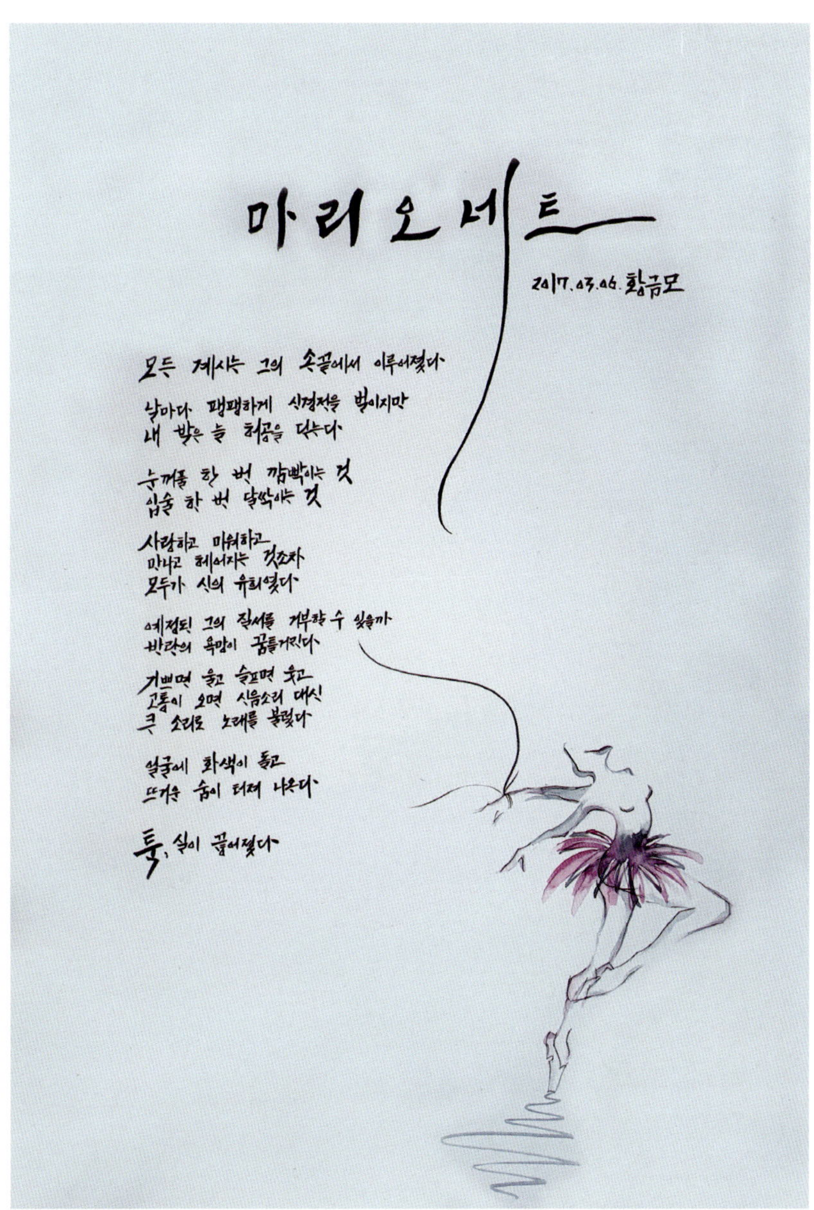

마리오네트

2017. 03. 06. 황금모

모든 계시는 그의 손끝에서 이루어졌다

날마다 팽팽하게 신경전을 벌이지만
내 발은 늘 허공을 딛는다

눈꺼풀 한 번 깜빡이는 것
입술 한 번 달싹이는 것

사랑하고 미워하고
만나고 헤어지는 것조차
모두가 신의 유희였다

예정된 그의 질서를 거부할 수 있을까
반란의 욕망이 꿈틀거린다

기쁘면 울고 슬프면 웃고
고통이 오면 신음소리 대신
큰 소리로 노래를 불렀다

얼굴에 화색이 돌고
뜨거운 숨이 터져 나온다

툭, 실이 끊어졌다

시시각각

눈을 뜨면
늘 바라보는 산이 있다

고향인 듯 어머니의 품인 듯
언제나 눈길이 머무는 곳

때로는 날카롭게 선을 그었다가
때로는 포근하게 결을 이루다가
때로는 또 아스라이 멀어져 간다

같은 곳 같은 시간 바라보는데
왜, 느낌은 시시각각
다른 색 다른 결로 휘감기는지

먼 산
무표정으로 다가와
말없이 일러준다

모든 건
네 마음속에 있다고

시시각각

눈을 뜨면 늘 바라보는 곳

때로는 날카롭게 선을 그었다가
때로는 포근하게 결을 이루다가
때로는 또 아스라이 멀어져 간다

같은 곳 같은 시간 바라보는데
왜, 느낌은 시시각각
다른 색 다른 결로 휘감기는지

먼 산
무표정으로 다가와
말없이 말해준다

모든 건
네 마음 속에 있다고

익숙한 듯 낯설은 그 턱이

오늘,

더욱 생소하게 느껴진다

턱

불룩 솟은 턱에 걸려
비틀, 넘어질 뻔했다
늘 감고도 오가던 길인데

땅 속에서 일어난 소리 없는 반란이
밀어올린 턱

곡곡 다져 밟으려다
멈춰 섰다

수십 년을 밟아오고도
비틀, 넘어질 뻔한 내 발걸음에
터진 아우성들이
어디
하나둘, 한두 번 뿐이었을까

낯선 듯 익숙한 그 턱이
오늘
더욱 생소하게 느껴진다

내 안에 있는 나와 또 다른 내가

팽팽하게 신경전을 벌입니다

동상이몽

나이는 숫자에 불과하다
마침표를 찍으면 긍정입니다

나이는 숫자에 불과하다?
물음표를 붙이면 부정입니다

내 안에 있는 나와
보이는 내가
팽팽하게 신경전을 벌입니다

언제나 백세청춘을 위해
달려가는 나
세월에 순응하여 뼈마디
우두둑 반란을 일으키는 나

둘의 불협화음을 조율하듯
흰 머리카락
하나 둘 늘어갑니다

한파경보

이십이 밀리 페어글래스가
수은주의 붉은 눈금 사이에서
신음하고 있다

영하의 거리에서
화려한 네온사인의 파장이 동결되는 사이
영상의 거실에선
생리주기를 잃은 제라늄이
무배란 월경을 준비하고 있다

굳은 어깻죽지의 근육을 풀고
하얗게 얼어붙은 어둠을 떨치며
날아오르는 새떼

이승과 저승을 살피듯
햇살도 주춤주춤 비틀대는 사이

두 줄 쌕쌕이의 비행운이
쩌엉, 소리가 날 것 같은 푸른 하늘을
날카롭게 가른다

한파경보

하얗게 얼어붙은 어둠을 떨치며
날아오르는 새떼

이승과 저승을 살피듯
햇살도 주춤주춤 비틀대는 사이

찌엉, 쌕쌕이의 비행운이
푸른 하늘을 날카롭게
가르며 날아오른다

살아생전,

엄마는 그냥 엄마였다

엄마,
화장을 하다

살아생전
엄마는 그냥 엄마였다

주름진 삶을 물레질하느라
마디마디 굳어진 손가락
빛바랜 무명 저고리로만
기억되던 엄마는

낡은 옷을 벗어 정성껏 개켜두고
처음이자 마지막으로
곱게 화장을 했다

삼베 수의 속에서
짙게 피어오르던 분 냄새

초여름 따가운 햇살 속으로
하얀 목화 송이가
뭉게뭉게 피어올랐다

하늘과 땅, 그 사이

농밀하게

연둣빛을 예비하는 소리

입춘대길

하늘과 땅이
은밀히 내통을 했다

저 깊은 곳
눅눅한 고집을 풀고
느슨하게 품을 넓히는 소리

저 높은 곳
허리를 낮추고
넓은 손바닥으로
온 누리를 쓰다듬는 소리

그 사이
농밀하게
연둣빛을 예비하는 소리

풍문으로 떠돌던 소리들이
비를 불러왔다

짬

팔순을 훌쩍 넘긴 언니가
전화를 했다

'많이 바쁘냐'
'아픈 데는 없고'

기다림에 지쳐
침침한 눈에 뿌연 돋보기를 걸치고
더듬거리며 번호를 눌렀을 언니

별일 없다는 내 말에
'그럼 됐다'

'짬 나면 전화 할게요'

기약이 없는, 또 지키지 못할 약속을
공허하게
수화기 너머로 흘려보낸다

짬은
시간의 조각이 아닌
마음의 조각인 것을

명치끝이 뻐근하다

짬

짬 나면 전화할게요

팔순을 훌쩍 넘긴 언니에게
기약이 없는,
또 지키지 못 할 약속을
공허하게
수화기 너머로 흘려 보낸다

짬은
시간의 조각이 아닌
마음의 조각인 것을

명치끝이 빠근하다

그동안 내가 껴입었을 때

여태,

그것이 나인 줄 알고 살아온

나의 껍질을 벗긴다

벽을 닦다

여태,
회색인 줄 알았던 벽이
하얀 벽이었음을
수평인 바닥에만 쌓이는 줄 알았던 먼지가
수직으로 서 있는 벽에도 쌓인다는 것을

원래의 색이 돌아올 때까지
오래 벽을 문지르는 동안
내가 닦인다
그동안 내가 껴입었을 때
여태,
그것이 나인 줄 알고 살아온
나의 껍질을 벗긴다

벽을 닦아내듯

열대야

2부

아담과 이브의 유혹을 받는다

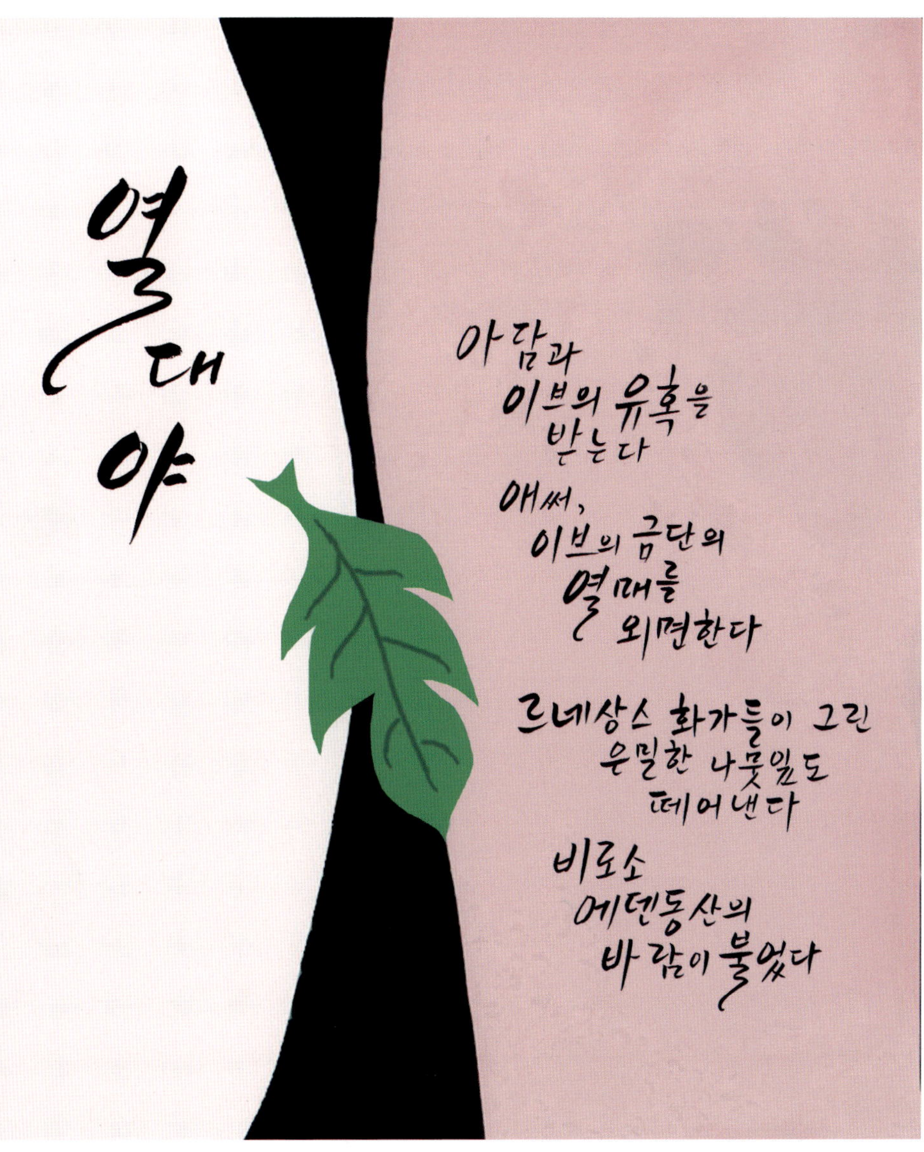# 열대야

아담과
이브의 유혹을
받는다
애써,
이브의 금단의
열매를
외면한다

르네상스 화가들이 그린
은밀한 나뭇잎도
떼어낸다

비로소
에덴동산의
바람이 불었다

그 남자

내게 그는
미간의 세로 주름 세 개였다

처음 만난 지방신문 사회부 기자 시절
쓰는 글마다 왜 이렇게 칙칙하냐고
난로처럼 따뜻한 글 한 번 써보는 게 소원이라며
주름 하나를 새겼다

기자를 접고 조그마한 사업을 벌였을 때
열다섯 시간 중노동의 대가가
두 아이 학원비도 벅차다며
두 번째 주름을 새겼다

온갖 세상의 정의와 불의는 모두 자신의 몫인 양
언제 깨끗한 세상에서 너털웃음 한번 웃어보냐고
동으로 서로 분주하게 뛰어다니는 요즘
그의 미간엔 훈장처럼 깊은 골이 하나 더 늘었다

신기하게도 그 깊게 파인 골짜기가
살짝 옅어질 때가 있다

'이리 와 봐. 꽃이 피었어.'

내 손을 잡아 끈 창가에
조그만 다육 화분 대여섯 개가
가늘가늘한 미소를 피워 올리고 있었다

그 남자

내게 그는
미간의 세로 주름 세 개였다

온갖 세상의 정의와 불의는 모두 자신의 몫인양
언제 깨끗한 세상에서 너털웃음 한번 웃어보냐고
동으로 서로 분주하게 뒤어다니는 요즘
그의 미간엔 훈장처럼 깊은 골이 하나 더 늘었다

신기하게도 그 깊게 파인 골짜기가
살짝 열어질 때가 있다

'이리 와 봐. 꽃이 피었어.'

내 손을 잡아끈 창가에
조그만 다육 화분이
가늘가늘한 미소를 피워 올리고
있었다

끓는 물에 씨앗 한 스푼을 넣으니

파란 메밀밭이 펼쳐진다

메밀 차

끓는 물에
씨앗 한 스푼을 넣으니
파란 메밀밭이 펼쳐진다

출렁이는 꽃물결
날아드는 나비떼

팽팽히 부풀은
한 웅큼의 꿈이
뜨겁게
뜨겁게
가슴으로 흘러든다

고위층에 살다

저만치 발 아래로 새가 날아간다

날아가는 새의 정수리를 볼 수 있다는 건
위치를 가늠할 수 있다는 것

이백스물네 개의 계단을 오르기까지
좁은 보폭으로 수십 년이 걸렸다

단 한 번의 건너뛰기도, 새치기도 없이
차근차근
숫자 빼곡한 삶과 맞바꾼
고위층 거주 허가증

간절히 우러르던 붉은 십자가도
저만큼 아래로 내려다 볼 수 있는 곳

새들이 허공을 날며 문자를 새긴다

멀 · 리 · 넓 · 게 · 바 · 라 · 볼 · 것

고위층에 살다

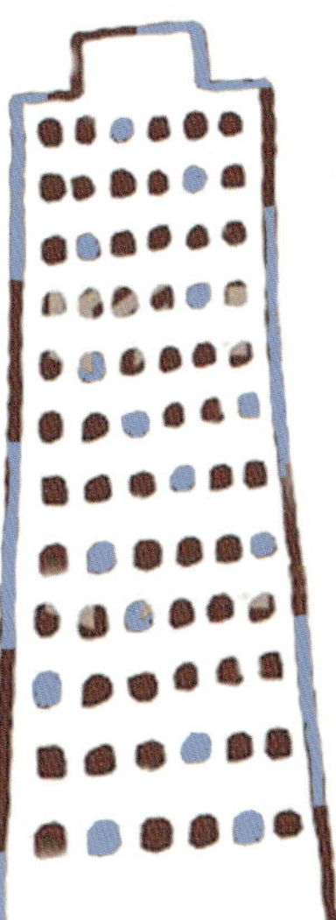

저만치 발 아래로 새가 날아간다

날아가는 새의 정수리를 볼 수 있다는 건
위치를 가늠할 수 있다는 것

간절히 우러르던 붉은 십자가도
저만큼 아래로 내려다 볼 수 있는 곳

새들이 허공을 날며 문자를 새긴다

멀·리·넓·게
바·라·볼·것

그믐날 밤에 별들이 똥을 쌌다
별들의 똥에서는 서늘한 향기가 났다

그믐날 밤에 별들이 똥을 쌌다
별들의 똥에서는 서늘한 향기가 났다

국화 꽃이 피다

그믐날 밤에
별들이 똥을 쌌다

봄 여름 지나
가을의 여울물에 몸을 씻는 동안
배앓이가 심했나보다

별들의 똥에서는
서늘한 향기가 났다

삼십 년을 청상으로 지낸
엄마의 향기가 그랬다

어찌

그리움을

한 뼘으로만 말할 수 있을까

궁평리에서

솔밭 사이에
잠들은 바람을 깨워
갯벌로 나갔다

발가락을 간질이며
비집고 나오는
조개들의 사연
게들의 이야기

어찌
그리움을
한 뼘으로만 말 할수 있을까
그렇게 열 번을 더해도
모자란 긴 터널인걸

수평선 너머
하얗게 들려오는
파도소리

우화

쨍쨍한 한낮
툭, 던져진 비명 하나
자귀나무 촘촘한 그늘이 가늘게 떨린다

저 떨림이 오기까지
날개는 몇 만 번이나
눅눅하고 깜깜한 기억을 파닥였을까

또 다른 울음을 운다는 것은
허물을 벗고 오르고 또 오르는 일
잠시, 고요가 일렁인다

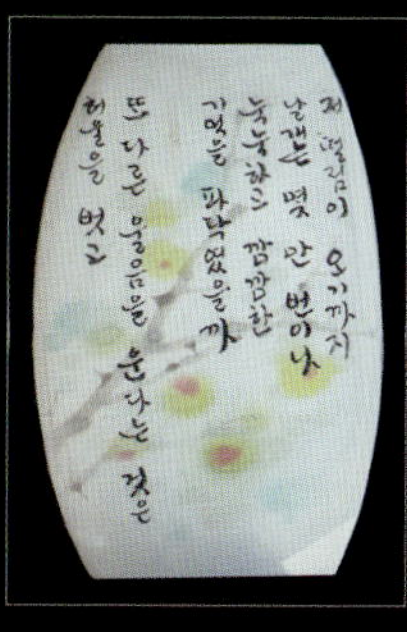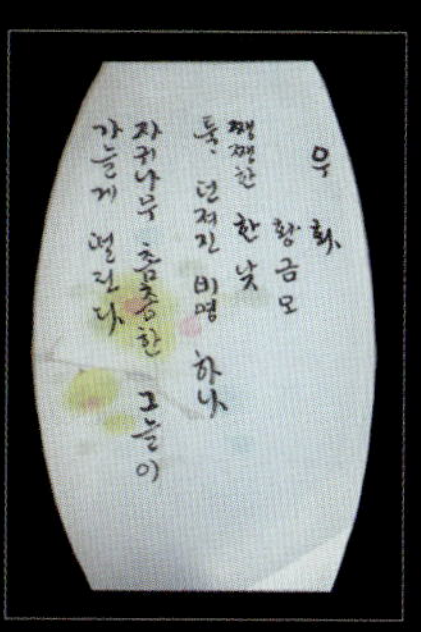

우 화

쨍한 한낮 톡, 던져진 비명 하나

자귀나무 촘촘한 그늘이 가늘게 떨린다

저 떨림이 오기까지 날개는 몇 만 번이나
눅눅하고 깜깜한 기억을 파닥였을까

또 다른 울음을 운다는 것은
허물을 벗고 오르고 또 오르는 일

잠시 고요가 일렁인다

낡아서 편해진 신발을 털며

뒤돌아보니

걸어온 길 멀고 남은 길 짧다

어쩌다 어른

좋은 때다
종종 듣던 말을
이제는 종종 한다

만수무강 하세요
종종 하던 말을
이제는 종종 듣는다

낡아서 편해진 신발을 털며
뒤돌아보니
걸어온 길 멀고 남은 길 짧다

내 아이가 자라 어른이 되고
나는 더 어른이 되어
서리꽃 내리는 새벽을 걷고 있음을

마냥 봄꽃인 줄 알고
지는 걸 두려워하다
가을이 되면 갈꽃이 새롭게 핀다는 것을
어쩌다 어른이 된 지금
새삼 깨닫는다

점

고소영이 콧잔등 위에 있는
까만 점이
그 어떤 값으로도 매길 수 없는
상품가치란다

이마도 아니고 볼도 아니고
턱도 아닌
잘 빚은 송편 한 모서리 같은
내리막 선에 톡 찍힌
고것
매력 중의 매력이란다

하여,
줄줄이 등장하는
콧잔등 위에 점 박힌 미인들

둘도 아니고 셋도 아닌
점 하나 찍는 일이 뭐 어려울까
밋밋한 내 콧등에
점 하나 찍는다
요기 아니, 조기
동그랗게 아니, 갸름하게
찍고 지우고, 지우고 찍고

어쩌나
고소영이의 백만 불짜리 매력은커녕
오십 년 세월
제 멋대로 흩뿌려진
깨밭이 되었다

점

고소영이 콧잔등 위에 있는
까만 점이
그 어떤 값으로도 매길 수 없는
매력 중의 매력이란다

점 하나 찍는 일이 뭐 어려울까
밋밋한 내 콧등에
점 하나 찍는다
찍고 지우고 지우고 찍고

어쩌나
백만불짜리 매력은커녕
육십 년 세월
제 멋대로 흩뿌려진
깨밭이 되었다

그냥 있음으로 눈부신 줄도 모르고

뒤돌아서 애타게 그리워하던

나의 연두

봄바람에 속수무책

복숭아빛 빨라

어린 속살 드러내던

순연한 빛

연 두

그냥 있음으로 눈부신 줄도 모르고

쫓기듯 짙푸름을 향해 질주하던

그러다 뒤돌아서

애타게 그리워하던

나의 연두

그 보석같던 나날들

흐르는 물결처럼

남양호 물기슭에서

삭아드는 배 한 척을 보았다

반쯤 가라앉은 몸을

형벌처럼 고요가 짓누르고 있다

숨죽이며 흐르는 물결이

잔주름 무늬로

잘잘잘 부서지는 한낮

왜가리 한 마리가 뱃머리에 앉아

물끄러미 물속을 내려다보고 있다

반사된 햇살에 눈이 부신지

푸드득, 잠시 균형을 잃는 사이에도

물결은 쉼 없이 무수한 사연들을 담아

바다로 향한다

바람의 방향에 따라

일렁이는 물비늘이

몸을 뒤틀어 표정을 바꿀 때도

숨 고르기를 하며

담담히 흐르는 유속

무심히 들여다본 내 손등 위에도

부서진 잔물결이 세월의 무늬가 되어

유유히 흐르고 있었다

흐르는 물결처럼

황금모

남양호 물기슭에서
작아드는 배 한 척을 보았다
반 쯤 가라앉은 몸을 형벌처럼
고요가 짓누르고 있다
뱃머리에 앉아있는 왜가리 한 마리
푸드득, 균형을 잃는 사이에도
물결은 숨고르기를 하며
담담히 바다로 향한다
무심히 들여다본 내 손등 위에도
부서진 잔물결이 세월의 무늬가 되어
유유히 흐르고 있다

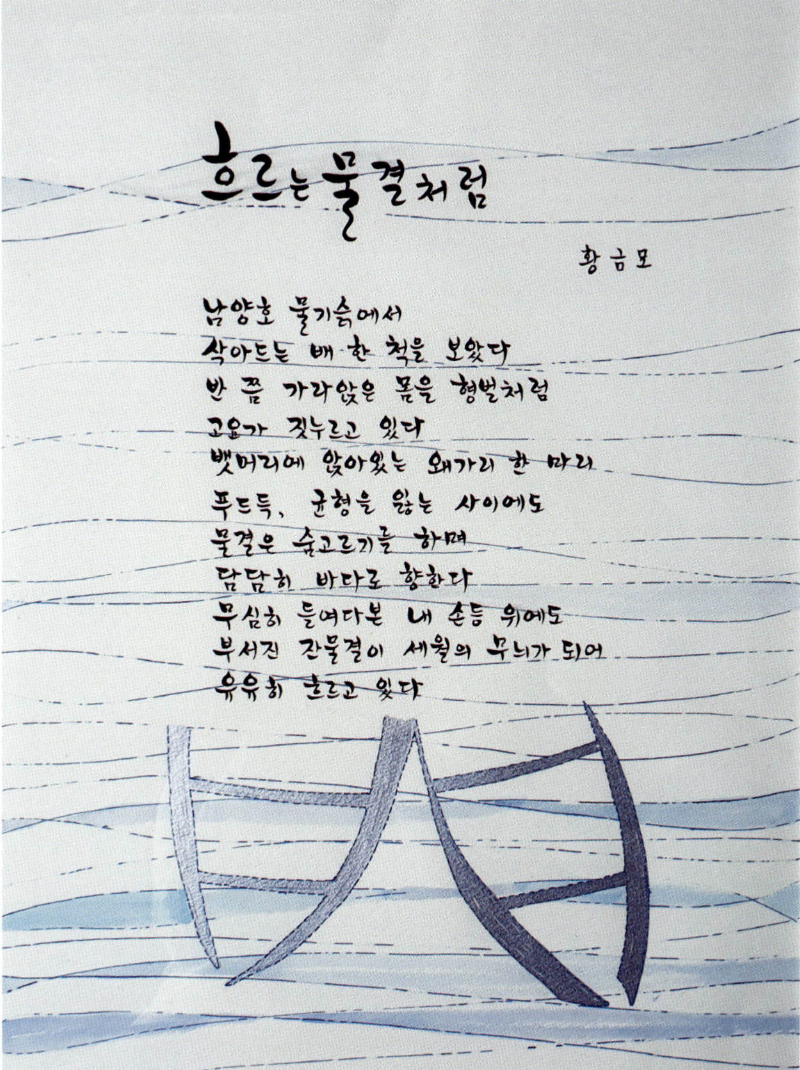

축축한 기별을 물고 비가 내렸다

대지의 잔기침이 멎었다

우수

새벽녘
까치가 울었다
풀어진 실버들 사이로
안개가 흐르고
아득한 경계 너머로
흩어진 까치소리
축축한 기별을 물고
내려 앉는다
비가 내렸다
대지의 잔기침이 멎었다

하룻밤의 조화에

우두둑

뼈마디가 격하게

반응을 한다

하룻밤 사이에

지난밤 스치고 간
몇 줄기
마법 때문일까

어젯밤과 오늘 아침의 거리가
이렇게 먼 줄을
처음 알았다

삼십이 도의 뜨거운 입김을
토해내며
잠 못 들던 아파트 숲이
실눈도 못 뜨고 널부러져 있던
먼 산의 등허리가

푸른 말의 허벅지 근육처럼
햇빛에 바싹 마른
풀 먹인 홑청처럼
꼿꼿하다

하룻밤의 조화에
우두둑
뼈마디가 격하게
반응을 한다

할렐루야

세한교회 앞을 지날 때마다
하늘로 우뚝 솟은 붉은 십자가가
늘 우러러 보였다

누구는 예배당에 나간 지 육 개월 만에
방언이 터졌고
원로 여 권사님은 승천 후
사리가 우수수 쏟아졌다고 한다

경외하는 마음으로
자세를 바르게 고치고
두 손을 다소곳이 모으는데
후두둑
마른하늘에서 소나기가 내렸다

할렐루야, 아멘의 순간은 지나가고
차창으로 떨어진 은혜의 흔적을 지우느라
한 시간을 허비했다

그 근처에
비둘기가 유난히 많다는 얘기를
후에서야 들었다

할렐루야

하늘로 우뚝 솟은 붉은 십자가가
늘 우러러 보였다
경외하는 마음으로
다소곳이 그 앞을 지나는데
후두둑,
마른 하늘에서 소나기가 내렸다
할렐루야, 아멘의
순간을 지나가고
차창에 내린
은혜의 흔적을 지우느라
한 시간을 허비했다

그 근처에
비둘기가 유난히 많다는
얘기를
후에서야 들었다

이 지독한 저항의 몸짓은

근원이 어디일까

두드러기

온 몸에
화산이 솟구쳤다

이 지독한 저항의 몸짓은
근원이 어디일까

저 깊은 곳
용해되지 못한 기억의 오류가
뜨겁게 몸살을 앓고 있는 걸까

끈적한 연고를 두드리며
가려움을 달랜다

벌겋게 솟아오른 용암
타협인지 적응인지
욱신욱신 응어리를 삭힌다

가을연가

3부

고왔던 혈색 촉촉한 입김은

허공에 돌려주고

가을연가

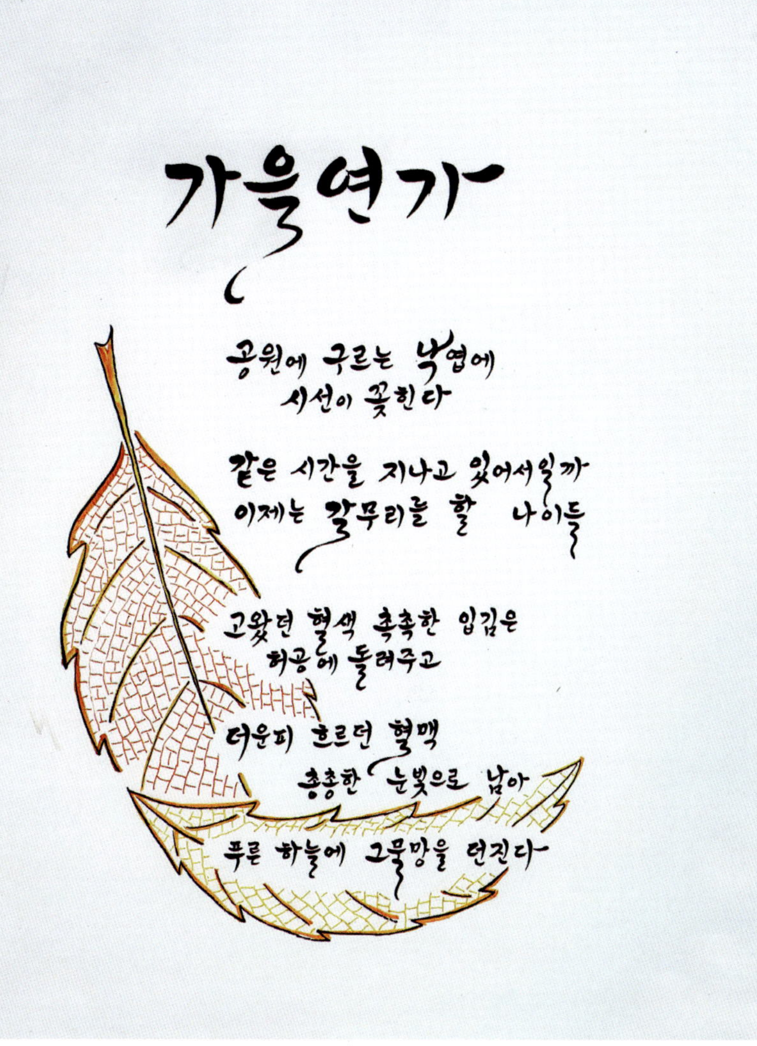

공원에 구르는 낙엽에
시선이 꽂힌다

같은 시간을 지나고 있어서일까
이제는 갈무리를 할   나이들

고왔던 혈색 촉촉한 입김은
허공에 돌려주고

더운피 흐르던 혈맥
총총한 눈빛으로 남아

푸른 하늘에 그물망을 던진다

망각의 강

봄꽃 피고지고
그 사이
달도 차고 기울어
몇 번의 해가 바뀌었나

가을잎 떨어져 쌓이고
그 사이
구름도 흐르고 흘러
망각의 강물 깊어졌다

푸릇푸릇 이끼 낀 세월
슬픔도 웃음도
노여움도 아쉬움도
하얀 거품에 쌓여
누덕누덕 잊혀진 기억들과 함께
저만치 흘러간다

가물가물
멀어져 가는 강물

반짝이는 윤슬만이
눈에 박힌다

망각의 강

푸릇푸릇 이끼 낀 세월
슬픔도 웃음도 노여움도
하얀 거품에 섞여
느덕느덕 잊혀진 기억들과 함께
저만치 흘러간다

가물가물
멀어져 가는 강물

반짝이는 윤슬만이
눈에 박힌다

팽그르 꽃바람개비

속눈썹 사이로 새어든 가을 하늘

팽그르 꽃바람개비

속눈썹 사이로 새어든 가을 하늘

코스모스

오래된 일기장을
펼쳤다
갈피 갈피
갈래머리 소녀들의
웃음소리
팽그르 꽃바람개비가
되어 떠다닌다

속눈썹 사이로
새어 든
가을 하늘

꽃들은 숙명인양

피흘리며 웃음 뒤에 언어를 감췄다

꽃들은 숙명인양

피 흘리며 웃음 뒤에 감췄던 실어증

울컥울컥 단말마로 토해보지만

못 본 척 못 들은 척 눈 감고 귀 막고

돌아서던 부패한 양심들

여기서 툭 저기서 툭

인내의 한계를 뚫고 터져 나온 분절음들

t, o, e, m, o

하나 하나 모여 외침이 되었다

눈덩이처럼 커져 함성이 되었다

ME TOO

ME TOO

기억 속의 바바리맨이 튀어나왔다

나비인체 벌인체 호시탐탐 향기를 훔치던,

노련한 가면극으로

거침없이 내뱉던 에티켓 실종된 언어들

꽃들은 숙명인양

피 흘리며 웃음을 짜냈다

응어리로 삼켰던 실어증

울컥울컥 단말마로 토해보지만

못 본 척 못 들은 척 눈 감고 귀 막고

돌아서던 부패한 양심들

여기서 툭 저기서 툭

인내의 한계를 뚫고 터져 나온 분절음들

t, o, e, m, o

하나 하나 모여 외침이 되었다

눈덩이처럼 커져 함성이 되었다

ME TOO

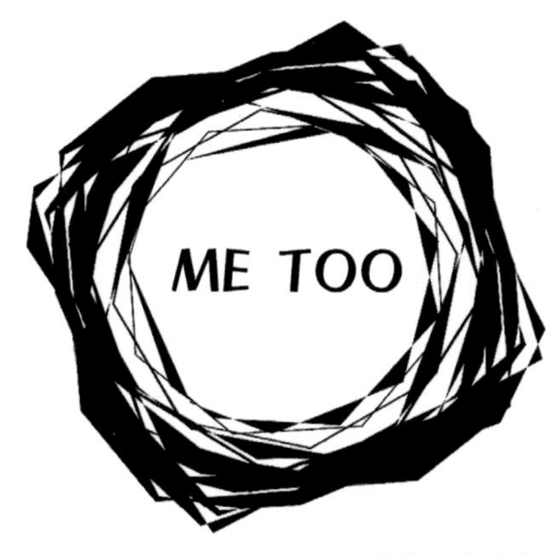

꽃들은 숙명인양
피 흘리며 웃음 뒤에 감췄던 실어증
울컥울컥 단말마로 토해보지만
못 본 척 못 들은 척 눈 감고 귀 막고
돌아서던 부패한 양심들

여기서 툭 저기서 툭
인내의 한계를 뚫고 터져 나온 분절음들
t, o, e, m, o
하나 하나 모여 외침이 되었다
눈덩이처럼 커져 함성이 되었다

ME TOO

촉촉함이란

대책없이 빠져드는 짝사랑 같은 것

내게도, 그런 촉촉한 풍경이 있었다.

아침편지

창가에 앉아
뜨거운 차를 홀짝인다

땅이며 숲이며
나뭇가지에서 지저귀는 새소리마저
어젯밤 흠뻑 머금었던 빗소리를
활짝 토해낸다

촉촉함이란
대책없이 빠져드는 짝사랑 같은 것
열어젖힐수록 더 젖어드는 것
감출수록 번지는 것

공원 소롯길
반려견과 함께하는

느린 걸음이
안단테로 멀어져 간다

내게도
저런 촉촉한 풍경이 있었다

숲에서는

바람이 하늘 꼭대기에서만 분다

숲에서는

바람이 하늘 꼭대기에서만 분다

숲에서는

숲에서는
바람이 하늘 꼭대기에서 분다

내 거친 숨결이 미풍이 되고
헝클어진 마음이 가지런하다

분분한 세상밖 이야기도
정갈하게 들리는

숲에서는
바람이 하늘 꼭대기에서만 분다

장미

장미를 다듬는다

흠이 난 꽃잎을 떼어내고
뽀족한 가시도 훑어내고
완벽한 자태를 위해
줄기에 가위질을 한다

빛의 각도에 따라
이리저리 몸을 비틀어
균형을 잡는다

한 점
무결점으로 태어난 꽃송이
당당히 유리병에 꽂힌다

거울을 본다

흰 머리를 솎고
주름을 문지르고
칙칙한 얼룩도 지운다

가끔은 나도 유리병에 꽂는다

장미

장미를 다듬는다

빛의 각도에 따라
이리저리 몸을 비틀고
완벽한 자태를 위해
줄기에 가위질을 한다

한 점
무결점으로 태어난 꽃송이
당당히 유리병에 꽂힌다

가끔은
나도 유리병에 꽂는다

르노와르빛 노을 속에 묻어 버린

열일곱 내 첫사랑

초생달

네 푸른 눈빛에
낯설지 않구나
감싸안아도
감싸 안아도
터질듯 부풀어 오르던
만월의 꿈
르느와르 빛 노을속에
묻어버린
열일곱 내 첫사랑

차마, 헝클어진 손자욱을 낼 수 없는

내 삶의 부스러기들

시간의 입자들이 춤을 춘다

형체도 잊은듯 무게도 벗어 던진듯
자유롭게 군무를 이루는 저 알갱이들

영역다툼도 없이
몰리지도 치우치지도 않게
시간의 분량만큼씩만
고루 내려앉는 태연함은

어쩌다, 시대의 블랙리스트에 올라
외면을 당해도 아랑곳없다

차마, 헝클어진 손자욱을 낼 수 없는
내 삶의 부스러기들

글 / 황금모

호두 두 알을 굴리다

뽀얀 햇 호두를 골라

두 손 안에 굴린다

손바닥의 넓이를 조절하고

손가락과 손가락의 놀림에 따라

달그락 달그락

마찰음이 경쾌하다

몸과 몸이 맞닿는 소리

살과 살이 스치는 소리

등줄기와 등줄기가 부딪는 소리

부대끼며 서로

닳아지는 소리

닮아가는 소리

내가 지금까지 살아오면서

빚어낸 소리가

탄성처럼

작은 손바닥 안에서 흘러나온다

호두 두 알을 굴리다

말갛고 뽀얀 햇 호두를 골라
두 손 안에 굴린다

달그락 달그락
마찰음이 경쾌하다

몸과 몸이 맞닿는 소리
등줄기와 등줄기가 부딪는 소리
살과 살이 스치는 소리

부대끼며 서로
닮아지는 소리
닮아가는 소리

봄이 오나 봄

달래장

깔깔하게 혓바늘이 돋았다

바지런한 발길이
한 바퀴 들판을 돌아 와
물씬
달래 냉이 향취를 풀어놓는다

깜짝 놀라 뛰어 오른
개구리 뒷다리처럼
탱탱하게 살아나는 입맛

아, 경칩
봄이 오나 봄

찰나에 번지는

반가사유상의 미소

난향

소리도 없이
기척도 없이

난향,
스치듯 왔다 간다

바람도 없이
찰나에 번지는
반가사유상의
미소

밤꽃

망종과 하지 사이
하얗게 빛나는 불면의 달에
절정의 향기가 차올랐다

외롭도록 먼 산이 희미하게 운다
뻐꾹뻐꾹 삐삐삐삐
밤 새의 은밀하고 비릿한 수작에
바르르 몸을 뒤틀던 밤꽃

달이 두 번 지고
다시 두 번 차오르고
어둠의 끝에서는 꽃들이 비명을 지르고
어김없이 아침이 필 때마다
속살 가득하게 밤톨이 여물어갔다

밤꽃

망종과 하지 사이
달이 차올랐다

먼 산
뻐꾹뻐꾹 삐삐삐삐
은밀한 뻐꾸기의 사랑놀음에
바르르 몸을 뒤틀던 밤꽃

달이 두 번 지고
다시 두 번 차오를 때쯤
튼실하게 밤톨 여물어갔다

경계도 없이 빛도 없이

점점이 내 향기를 묻히는 것

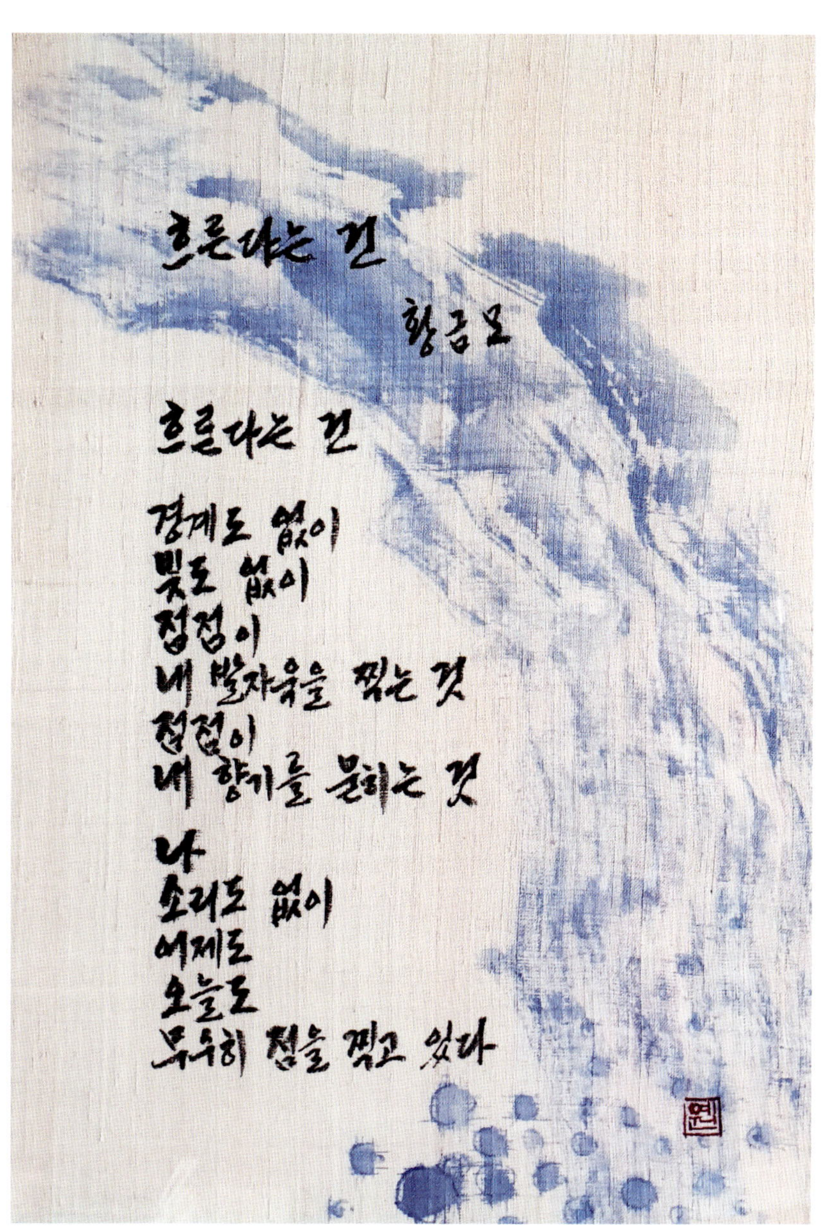

흐른다는 건

황금모

흐른다는 건

경계도 없이
빛도 없이
점점이
내 발자욱을 찍는 것
점점이
내 향기를 묻히는 것

나
소리도 없이
어제도
오늘도
묵묵히 점을 찍고 있다

바람의 그림자보다도 가벼운

어디에도 없는 나

사막에서

지평선에서 지평선으로
반원을 그린 하늘
별빛 속에 나를 가두었다

모래 위에 피어오른 불씨
하늘로 흩어지고

바람의 그림자보다도 가벼운 나는
방향을 잃고 쓰러졌다

어디에도 없는 나

딸랑딸랑 낙타 한 마리
방울소리만 남긴 채
사막 속으로 걸어들어 갔다

나란히

4부

육십 년 닳아진 뒤축이

첫 돌배기 뒤뚱이는 발걸음에

보조를 맞춘다

나란히

육십여 년 닳아진 뒤축이
뒤뚱이는 첫 돌배기 발걸음에
보조를 맞춘다

굳은살 박인 발바닥으로
울퉁불퉁 거친 길 다지며
돌아보는 할아버지

처음 땐 발걸음이 마냥 신기해
엎어졌다 일어서고 일어섰다 엎어지며
뒤따르는 손주 녀석

나란히
나란히
발걸음이 다정하다

현관에 가지런히 놓인
허름한 신발 옆
두 곱이나 비싼
앙증맞은 새 신발

황금못 쓰다

노란 우산에 분홍 비신을 신은 계집애가

나비처럼 지나간다

봄 엽서

황금모

겨우내
촘촘히 갈라진 아스팔트도
허공에 마른 붓질을 하던 나뭇가지도
체감온도를 잊은 채
꿀꺽꿀꺽 갈증을 들이켜고 있다

노란 우산에 분홍 바신을 신은 계집애가
나비처럼 지나간다

손바닥만한 하늘을 담고 있는 물자국
발 가는 화살이 과녁을 명중시킨다
동그란 메아리 속으로
팔랑이는 나비의 궤적을 쫓는다

딩동!
아이가 멈춰 문 앞
한 뼘 물도장이 선명하다

봄이요!

바람을 그네 삼아 설핏설핏 나부끼는

은밀한 저 실오라기

산수유

바람이 나도 단단히 났다

어깨선에서 흘러
등줄기를 타고
엉덩이에 이르기까지

바람을 크게 삼아
설핏설핏 나부끼는
은밀한 저 실오라기

다가온 시선을
질끈
눈감아버리면 그만이다

황금오

가슴속에서

억새풀 스치는 바람소리가 났다

커플링

아순을 넘기는 한 해의 끝자락에서
커플링을 맞췄다

세월만큼 투박해진 손마디에서
속절없이 빛나는 14K 실반지

가슴속에서
억새풀 스치는 바람소리가 났다

검은 머리 파뿌리 되도록 함께하자던
그 날의 약속
절반은 지켰노라고
서로의 손을 어루만졌다

아직은 가야할 길 멀었다고
앞으로 남은 걸도
지금처럼만 함께 하자고

애써,
이쁘다 이쁘다 뻔한 거짓말을
환하게 쏟아내었다

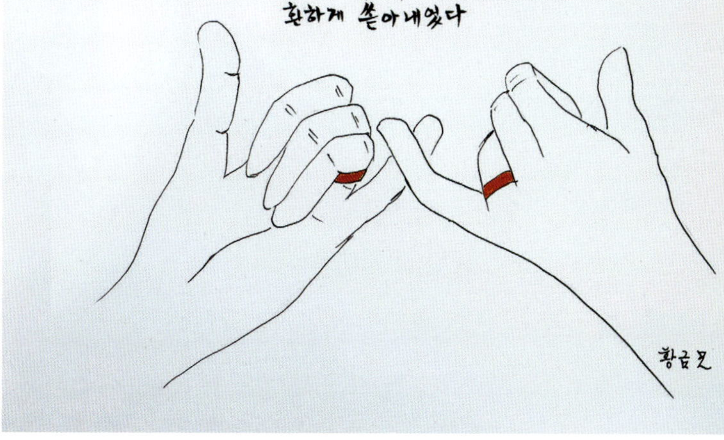

황금곤

꽃비가 쏟아져 내렸다

그리고, 아무것도 보이지 않았다

꽃맹이 되다
황금모

사월의 햇살이
환하게 피어난 공원에서
꽃맹이 되었다

둥실둥실
하늘엔 온통 벚꽃 구름
화르르
꽃비가 쏟아져 내렸다

그리고
아무것도 보이지 않았다

각이 없는 소리들이 사각의

프레임으로 들어와 누름꽃이 되었다

바람의 이중주

동백숲을 빠져나온 붉은 저음과
몽물을 비집고 흐르는 하얀 멜로디가
하모니를 이룬다

찰칵

각이 없는 소리들이
사각의 프레임으로 들어와
누름꽃이 되는 동안
새벽 찬바람 속에서
오래 서 있었다

황금모 쓰다

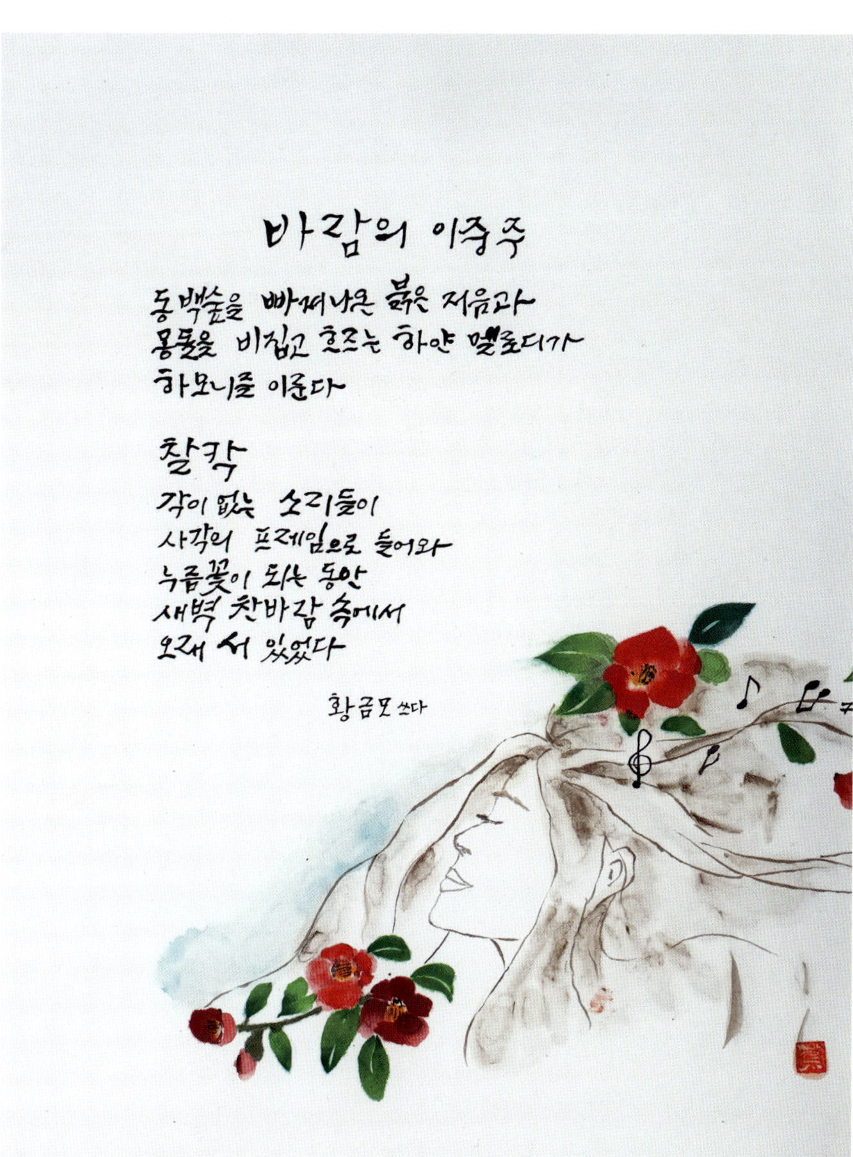

입술을 달싹일 때마다 오월의

연두를 닮은 향기를 쏟아내고 싶다

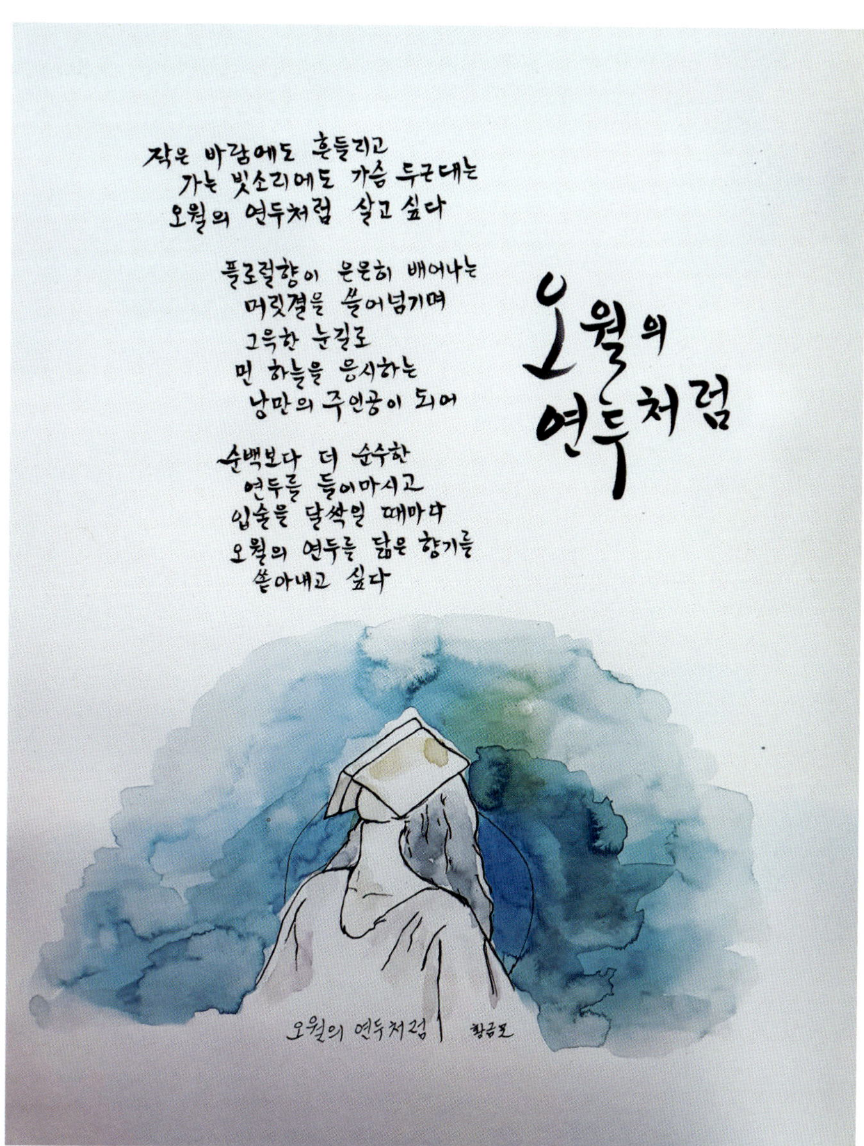

작은 바람에도 흔들리고
가는 빗소리에도 가슴 두근대는
오월의 연두처럼 살고 싶다

플로럴향이 은은히 배어나는
머릿결을 쓸어넘기며
그윽한 눈길로
먼 하늘을 응시하는
낭만의 주인공이 되어

순백보다 더 순수한
연두를 들이마시고
입술을 달싹일 때마다
오월의 연두를 닮은 향기를
쏟아내고 싶다

오월의
연두처럼

엄나무 가지 끝 뾰족이 내미는

초록을 보았다

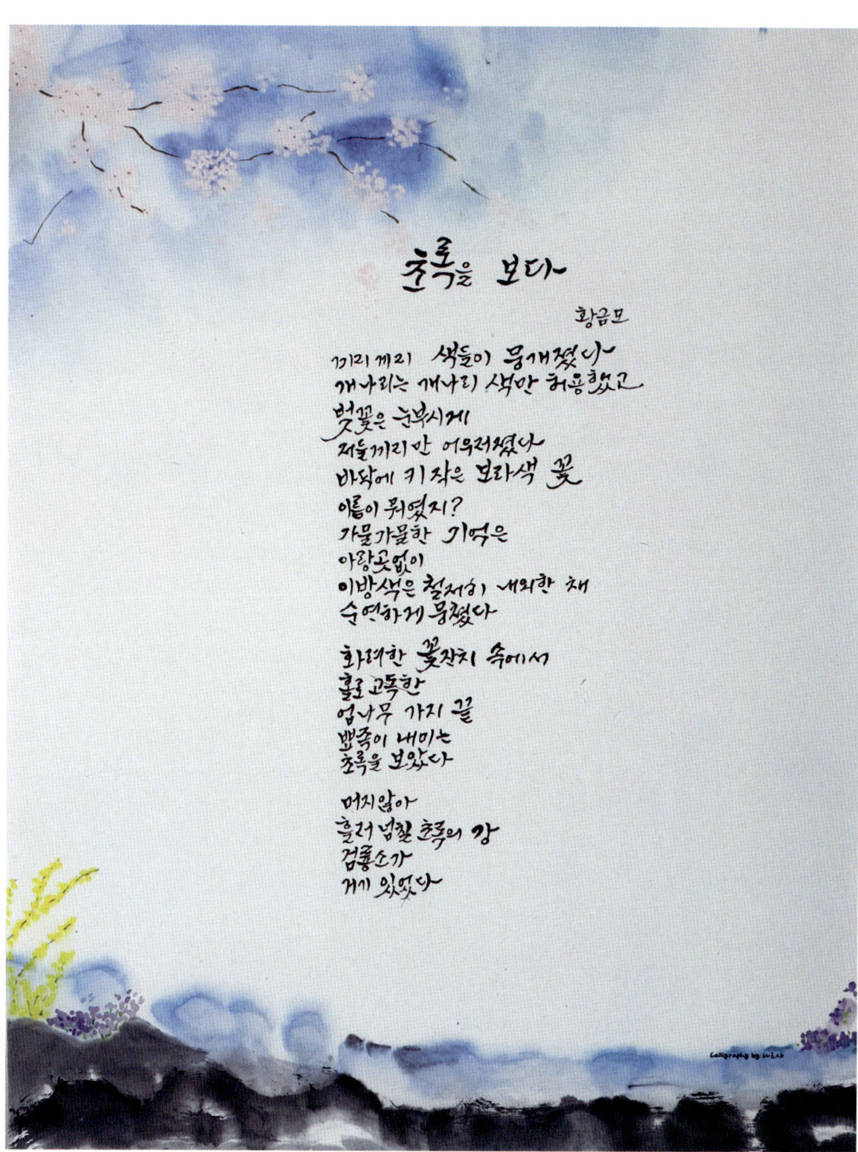

초록을 보다

황금모

끼리 끼리 색들이 뭉개졌다~
개나리는 개나리 색만 커웅했고
벚꽃은 눈부시게
저들끼리만 어우러졌나
바닥에 키 작은 보라색 꽃

이름이 뭐였지?
가물가물한 기억은
아랑곳없이
이방색은 철저히 내외한 채
숙연하게 뭉졌다

화려한 꽃잔치 속에서
홀로 고독한
엄나무 가지 끝
뾰족이 내미는
초록을 보았다

머지않아
흘러 넘칠 초록의 강
검룡소가
께 있었다

Calligraphy by 바르다

그 후 뒷소식은 모르지만 오며 가며

주변을 살피는 게 버릇이 되었다

달팽이

황금모

나물을 다듬는데
어린 달팽이 한 마리가
이파리 뒤에 붙어
귀한 걸음을 하셨다

움찔 놀라던 손을 멈추고
어찌해야 하나
잠시 고민에 빠지는 사이

천연스럽게
고개를 쭉 빼고
세상구경을 한다

조심스럽게 모시고
화단으로 나와

노란 꽃망울이 막 터지기 시작한
소국 옆 촉촉한 풀섶에
가만히 놓아 드렸다

그 후 뒷소식은 모지만
오며 가며
주변을 살피는 게 버릇이 되었다

하얗게 빵 터진 웃음

눈보다 더 희다

아몬드 캔디

언제부턴가
우수 경칩 다 지난 삼월 십사일
꼭 눈이 내린다

섬진강엔 매화가 흐드러지는데
계절을 거슬러 내리는 눈
사람들은 이날을
화이트데이라고 명명했다

땅 속에서 땅 위에서
톡 톡 톡 마음 급한 소리들
화이트를 배경으로 메아리친다

슬그머기 남자
아몬드캔디를 내민다

하얗게 빵 터진 웃음
눈보다 더 희다

황금로

딴짓

ⓒ 황금모, 2020

지은이_ 황금모
제목 글씨_ 석보 전덕영 화가

발행인_ 이도훈
펴낸곳_ 도서출판 도훈
초판발행_ 2020년 12월 21일

사무실_ 서울시 서초구 법원로3길 19 2층, w109호
        (서초동, 양지원빌딩)
전 화_ 010-6722-4621, 0507-1453-4621
팩 스_ 0504-227-4621
이메일_ flyhun9@naver.com
홈페이지_ http://dohun.kr

ISBN_ 979-11-89537-61-6 03810
정 가_ 11,500원